Le blé en herbe

FichesdeLecture.com

Le blé en herbe
(Fiche de lecture)

I. BIOGRAPHIE DE COLETTE

Colette est née en 1873. Elle a eu une jeunesse des plus heureuses jusqu'en 1891, date à laquelle ses parents se sont retrouvés totalement ruinés. En 1893, elle va épouser Willy (pseudonyme) qui est un journaliste très connu à Paris. Quelques ennuis financiers vont le pousser à exiger de Colette qu'elle écrive un livre sur ses années d'école. Ce sera « Claudine à l'école » que Willy va publier sous son nom en 1900. Ceci ne sera que le premier livre de Colette qu'il publiera sous son nom. Après leur séparation cela deviendra « Willy – Colette »

Willy a toujours été très volage et Colette ira s'installer seule en 1905. Comme elle ne peut pas encore vivre de sa plume, elle fera du cabaret où elle ne manquera pas de faire scandale au point qu'un de ses spectacles sera arrêté par ordre de police. En 1912 elle épouse Henri de Jouvenel et donne naissance à une petite fille à quarante ans. Pendant la guerre de 14/18 elle fera du journalisme, mais c'est comme auteur qu'elle recevra la Légion d'honneur en 1920.

En 1923 elle publie son premier livre sous son nom, ce sera « Le blé en herbe » Son second mariage s'avère également un échec et elle s'installe avec un homme de seize ans plus âgé qu'elle. Elle l'épouse en 1935, mais son mari étant juif il sera arrêté en 1941, puis libéré. Il se cachera pendant toute la guerre. Colette deviendra présidente de l'Académie Goncourt. Elle meurt en 1954 en laissant une œuvre importante derrière elle. Les différents « Claudine », « Sido », « Le blé en herbe », « L'ingénue libertine », « Chéri », « Mitsou, ou comment l'esprit vient aux filles », « La retraite sentimentale », « La vagabonde » et plusieurs livres sur la nature ou sur les animaux, etc.

II. RÉSUMÉ

Nous sommes en bords de mer en été en Bretagne. Phil et Vinca, ainsi que leur famille respective, y passent l'été depuis des années. Les deux adolescents se connaissent donc depuis bien longtemps. Phil a déjà atteint ce stade de l'adolescence où le jeune garçon prend des allures de petit homme. Vinca est un peu moins avancée physiquement et n'est encore qu'une longue silhouette faite d'os et de muscles longs. Leur complicité est évidente, mais Phil n'est plus du tout aussi enthousiaste pour se livrer à leurs jeux d'antan. Ce ne sera qu'au travers de brefs éclairs de lucidité, ou suite à une remarque de quelqu'un d'autre, que Phil remarquera que Vinca va bientôt sortir de sa gangue de petite fille. À peine se le sera-t-il avoué qu'il reviendra à son ancienne image : « Il cherchait sur elle la splendeur éphémère qui l'avait irrité. Mais ce n'était plus qu'une Vinca consternée, une adolescente chargée, trop tôt, de l'humilité, des maladresses, de la morne obstination du véritable amour... »

Oui, Phil ne doute pas un instant du fait qu'il est le seul et unique amour de Vinca. Et cela lui donne, dans son esprit, tous les droits, y compris celui de la traiter comme une enfant alors que lui serait l'homme excédé par autant d'admiration. Phil, comme tous les jeunes de son âge sont pressés, il en a assez d'être aux études, d'être un homme inachevé. Il a hâte de vieillir, comme tous ceux qui savent qu'ils ont le monde et le temps devant eux. « Tant d'années encore, Vinca, pendant lesquelles je ne serai qu'à peu près homme, à peu près libre, à peu près amoureux ! » Vinca comprend mal ce qu'il veut dire. Quoi ? « On peut donc n'être qu'à peu près amoureux ?... »

Mais nous sommes en 1900 et le monde est bien différent de celui d'aujourd'hui ! Vinca répond à Phil en disant « Maman m'a dit... » Il en rit et se moque, mais ce que dit « maman » est ce qu'on disait à cette époque à beaucoup de jeunes filles, à savoir : il y a les jeunes frères et sœurs dont il faudra s'occuper, il conviendra de l'aider dans le ménage puis elle se mariera...

Et voilà qu'une jeune femme, toute de blanc vêtue, le hèle et lui demande quelle route elle doit prendre pour rejoindre la villa qu'elle a louée. Et elle va l'appeler « Monsieur » ! Phil en est tout remué !... Vinca sera immédiatement inquiète et sentira en cette femme une ennemie.

Elle n'a pas tort, car Phil va retourner voir cette femme, prendra le thé chez elle, mais de thé en thé, ils en arriveront à toute autre chose. De ce moment Phil va découcher régulièrement et Vinca passera des petits matins à guetter son retour. Les rapports entre les deux jeunes gens ne pourront pas rester les mêmes et tout l'amour de Vinca n'y changera rien. Elle envisagera même jusqu'à un suicide commun, seule façon à ses yeux de ne pas laisser mourir cet amour de jeunesse qu'elle trouvait si beau. Mais, si elle conservera l'amitié de Phil, il ne la verra plus en future jeune femme, sa femme.

Vers la fin des vacances, lors d'une dernière tentative de le récupérer, Vinca va se donner à lui, sans préméditation, mais cela ne changera rien. Le jeune homme n'attache pas la même importance qu'elle à ce qui vient de se passer. Au lever, en entendant Vinca chanter sur son balcon, il se dira : « Ni héros, ni bourreau... Un peu de douleur, un peu de plaisir... Je ne lui aurai donné que cela... que cela... »

III. LE CONTEXTE

Colette écrit ce livre au début des années 1900. Il est tout à fait normalement marqué par cette époque. Les rapports de ces deux adolescents sont parfaitement normaux. Ils se connaissent depuis bien longtemps, une grande complicité existe entre eux et l'apparition d'une amitié amoureuse est tout à fait normale. Le jeu de séduction de Vinca est naturel, mais il en va de même du comportement de Phil qui a un peu plus d'un an de plus qu'elle et se sent un peu mal dans sa peau. Là où Colette ose pour son époque, c'est en donnant une maîtresse à Phil qui, elle, a une trentaine d'années. Même si cela devait, certainement, ne pas être une exception, autre chose était que de construire un roman, à cette époque, dans lequel cette aventure prenait cette importance. La vie que la mère décrit pour Vinca est aussi tout à fait typique de cette époque et ne tiendrait plus du tout aujourd'hui. Elle n'envisage même pas que sa fille pourrait passer son baccalauréat !... Les tâches ménagères, puis le mariage...

IV. LES IDÉES

Le but de Colette est, d'abord et avant tout, de nous raconter une jolie histoire et de nous décrire ce que peut être la psychologie de deux jeunes gens à un âge charnière. Ils sont tellement les personnages centraux de ce récit que les parents sont vraiment des plus discrets. Ils ne voient rien et n'interviennent quasiment pas. C'est à un point tel que Phil et Vinca parlent d'eux en disant « les ombres »

Mais si Colette comprend très bien les tourments de Phil, il n'en demeure pas moins que le personnage fort de cette histoire c'est Vinca. Elle est déjà plus femme qu'il n'est homme. Elle sait beaucoup plus ce qu'elle veut que lui et est prête à faire ce qu'il faut pour le garder, prête à pardonner. Quant à Phil, il ne sait pas bien ce qu'il veut, par contre, et c'est très propre à cet âge, il sait ce qu'il ne veut pas, mais cela ne veut pas dire qu'il ne le fera pas ! D'un autre côté, au vu de la description que Colette donnera de la maîtresse de Phil, une femme dans la plénitude de sa féminité, il semble naturel qu'il ne soit pas arrivé à résister...

Personne n'est à blâmer dans cette histoire, même si Phil est faible. Ces deux adolescents sont tout simplement confrontés aux choses de la vie.

V. LE STYLE DE COLETTE

Son aptitude à créer ses personnages et à nous les rendre vivants et crédibles est flagrante. Mais cela vient aussi de son style d'écriture qui est très féminin par ailleurs. Un style très coulé, tout en nuances. Elle sent, elle décrit, mais ne juge pas, cela se lit à chaque ligne. Ses phrases coulent au rythme des pensées qu'elles suivent. Nous sommes sur une plage, au soleil, avec le bruit du ressac. Tout incite à la réflexion, mais aussi à la paresse, aux demi-teintes. Son écriture nous rend toute cette ambiance des plus palpables.

Dans la même collection en numérique

Escadrille 80

Inconnu à cette adresse

La controverse de Valladolid

Les Vilains petits canards

Une partie de campagne

Cahier d'un retour au pays natal

Dora Bruder

L'Enfant et la rivière

Moderato Cantabile

Alice au pays des merveilles

Le faucon déniché

Une vie

Chronique des Indiens Guayaki

Je voudrais que quelqu'un m'attende quelque part

La nuit de Valognes

Œdipe

Disparition Programmée

Education européenne

L'auberge rouge

L'Illiade

Le voyage de Monsieur Perrichon

Lucrèce Borgia

Paul et Virginie

Ursule Mirouët

Discours sur les fondements de l'inégalité

L'adversaire

La petite Fadette

La prochaine fois

Le blé en herbe

Le Mystère de la Chambre Jaune

Les Hauts des Hurlevent

Les perses

Mondo et autres histoires

Vingt mille lieues sous les mers

99 francs

Arria Marcella

Chante Luna

Emile, ou de l'éducation

Histoires extraordinaires

L'homme invisible

La bibliothécaire

La cicatrice

La croix des pauvres

La fille du capitaine

Le Crime de l'Orient-Express

Le Faucon malté

Le hussard sur le toit

Le Livre dont vous êtes la victime

Les cinq écus de Bretagne

No pasarán, le jeu

Quand j'avais cinq ans je m'ai tué

Si tu veux être mon amie

Tristan et Iseult

Une bouteille dans la mer de Gaza

Cent ans de solitude

Contes à l'envers

Contes et nouvelles en vers

Dalva

Jean de Florette

L'homme qui voulait être heureux

L'île mystérieuse

La Dame aux camélias

La petite sirène

La planète des singes

La Religieuse

À propos de la collection

La série FichesdeLecture.com offre des contenus éducatifs aux étudiants et aux professeurs tels que : des résumés, des analyses littéraires, des questionnaires et des commentaires sur la littérature moderne et classique. Nos documents sont prévus comme des compléments à la lecture des oeuvres originales et aide les étudiants à comprendre la littérature.

Fondé en 2001, notre site FichesdeLectures.com s'est développé très rapidement et propose désormais plus de 2500 documents directement téléchargeables en ligne, devenant ainsi le premier site d'analyses littéraires en ligne de langue française.

FichesdeLecture est partenaire du Ministère de l'Education du Luxembourg depuis 2009.

Plus d'informations sur www.fichesdelecture.com

ISBN: 978-2-511-02988-6

Notes :

www.ingramcontent.com/pod-product-compliance
Lightning Source LLC
LaVergne TN
LVHW050851200726
843508LV00013B/3025

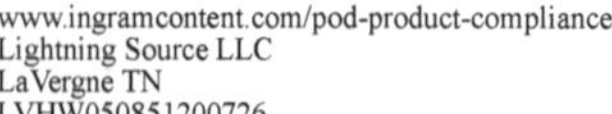